상처에게 말 걸기

책 만 드 는 집
시인선 223

상처에게 말 걸기

·

김
영
재
시
집

책만드는집

옛 시인의 시

후득후득 빗방울 청댓잎을 때린다

옛 시인의 시 한 줄 정수리에 꽂힌다

그 사람 빈한했지만 바람에 시를 적었다

비 그치면 들에 나가 나락논 김을 매고

어둑녘 돌아와 등 밝혀 서책 읽었다

시 한 수 짓는 노고로 세상과 맞서 살았다

| 차례 |

5 • 서시

1부

13 • 먼저 간 슬픔
14 • 매리설산 2
15 • 히말라야 쓰나미
16 • 조장
17 • 운서에서 울다
18 • 척추뼈
19 • 흔적
20 • 어쩌다 봄
21 • 어린 봄
22 • 허한 봄날
23 • 어느 아버지의 생존
24 • 삼악산
25 • 겨울 안부
26 • 둥근 세상
27 • 죽어서 돌아가리
28 • 스님의 겨울나기
29 • 탁족

2부

33 • 나무의 위로

34 • 반딧불이

36 • 집으로 가는 길

37 • 상처에게 말 걸기

38 • 굴비

39 • 겨울에서 봄으로

40 • 살려면 사는 것이다

41 • 헛꿈도 꿈이다

42 • 오래 못 본 얼굴

43 • 슬픔 공부

44 • 겨울 죽령

45 • 반칙

46 • 봄날 이별

47 • 몽골 초원 깊은 밤

48 • 보리밥에 수제비

49 • 용대리 황태

50 • 월정사 달밤

3부

53 • 빈속에 술 한잔

54 • 생각의 경계

55 • 너무 걱정만 하고 살았다

56 • 흑산도 홍어

57 • 어머니의 이름

58 • 낮고 더디게

59 • 닭백숙에 술 한잔

60 • 월드 뉴스

61 • 손편지

62 • 낯선 문상

63 • 고아

64 • 소백산 큰 바람

65 • 안경

66 • 나주 배

67 • 반성

4부

71 • 설명할 수 없는 질문

72 • 쓸다

73 • 한세월

74 • 바람처럼

75 • 바다에 뿌렸다

76 • 하얀거

77 • 솔개

78 • 샹그릴라 깊은 밤

79 • 틱낫한

80 • 복사꽃 환한 마을

81 • 고래

82 • 뻘쭘

83 • 모기를 잡았는데

84 • 인생 역설

85 • 장맛비

86 • 날다

87 • 해설 _ 이경철

1부

먼저 간 슬픔

먼저 간 슬픔이
뒤에 온 슬픔에게

너 왔느냐
수고했다

산다는 것은 오고 가는 일

바람이
심하게 부는 날
동생은 어머니 곁으로 갔다

매리설산 2

어젯밤 꿈속에서 설산에 비가 내렸다

타르초가 비에 젖어 바람에 펄럭였다

작은 절 어린 부처들 편한 잠 자고 있을까

히말라야 쓰나미

눈과 신들의 거처
바람이 머무는 곳

히말라야 만년설
속수무책 녹는다

거대한
빙하 쓰나미
마을을 덮치고 간다

조장鳥葬

사람은 죽어서
흙으로 간다지만

한 줌 재가 되어
바람으로 떠돈다지만

먼 나라
산마을 사람들
새의 먹이가 된다

운서雲西에서 울다

구름의 서쪽 포구 운서에서 우두커니

당신이 떠나가듯 지는 해 바라본다

하늘 끝 붉게 물들고 꺼이꺼이 새가 운다

척추뼈

허리 다쳐 척추뼈
X레이를 찍었다

내 몸에 갇혀 있는
앙상한 겨울나무여

저 마른
삭은 가지로
나를 지켜왔나니

흔적

물 젖은 모래 위에
작게 찍힌 새 발자국

큰 파도 밀려와서
지우고 가버린다

잔물결 떠나지 않고
흔적을 어루만진다

어쩌다 봄

얼었던 강이 풀려
소리치며 흐른다

망울 속
꽃잎은
터질 듯 부풀었다

어쩌나
내 안의 바람
막무가내 치솟는다

어린 봄

문수사 가파른 길

졸고 있는 고양이

키 낮추는 보현봉

얼음 녹아 물소리

대남문 넘어온 바람

생강꽃 매운 향기

허한 봄날

진달래 붉게 피고
매화는 흩날리고

낮술이 자꾸 당겨
취해서 돌아온 밤

목련꽃 하얗게 지고
막내당숙 부음訃音 한 줄

어느 아버지의 생존

가난한 아버지는 조용히 누워 계신다

아버지 들숨날숨에 가족이 기대 산다

몇 넌째 산재産災 보상금으로 가족 생계 이어간다

삼악산

어제는 삼악산을 네발로 기어올랐다

발아래 붕어섬이 뻐끔뻐끔 바라보았다

사람도 네발로 기면 편할 때가 있다고

겨울 안부

오늘도 수고했어요

네, 오늘 수고했답니다

추운데 편히 쉬세요

그 말 너무 따숩습니다

내일은 눈이 올까요

살얼음 언다 합니다

둥근 세상

그 사람 구두 뒷굽이
바깥으로 다 닳았다

평생을 변방으로
떠돌던 까닭이다

중심에
들지 않는 삶
둥근 세상 그리웠다

죽어서 돌아가리

죽어서 돌아가리 죽음을 건너서 전쟁을 넘어서 러시아 군 시신 수습하는 우크라이나 병사들 시신은 포로 교환용 죽어서 돌아가리

스님의 겨울나기

겨울밤 내린 눈이 소나무에 쌓였다

스님은 장대 찾아 눈을 털고 있었다

까닭을 여쭈었더니 무거우면 부러진단다

탁족

공룡능선 넘어와
백담에서 발 씻었다

천만근 지고 다닌
발에게 미안했다

발바닥
만져보았다
옹이가 박혀 있었다

2부

나무의 위로

외롭고 힘든 날 산에 올라 지쳤을 때

곁에 있던 나무가 말을 걸어주었다

힘들면 내 그늘에 앉아 바람처럼 놀다 가라고

흐르는 땀 식었고 해 떨어지는 시간 되어

새들은 둥지로 가고 다람쥐는 굴에 갔다고

편한 건 잠시 순간뿐 힘든 시절 또 올 거라고

반딧불이

반디 반디 반딧불이
해님 숨고 나오시네

달님 보고 별님 보러
어두운 밤 나시네

박꽃이
하얗게 피는
초가지붕 넘어오네

까만 밤 맑은 바람
얼굴 씻고 초롱초롱

개구쟁이 동무들과
술래잡기 신바람

깊은 밤

달도 기울고
풀밭에서 잠이 드네

집으로 가는 길

노을을 바라보며 집으로 돌아간다

경인고속도로 갓길 따라 목동교를 지나서

안양천 맨발 황톳길 간지럼 타며 걷는다

벚꽃이 휘날리던 둑방길 봄은 가고

소나기처럼 쏟아지는 매미 울음 저물녘

가로등 하나둘 켜지고 여름밤이 익는다

상처에게 말 걸기

이별을 앞에 두고 연인들 고백하듯

나는 나의 상처에게 이별을 고하리

어쩌다 참으로 오래 우리 함께 지냈다고

바람 부는 산에서 파도치는 바다에서

아파도 말 못 하고 바람 불고 파도치듯

먼 나라 소식을 듣듯 그냥 흘려보냈지

마음이 쓰라려도 속으로 다독이며

그것이 사랑이란 걸 서로가 몰랐었지

저 혼자 인내하면서 피었다 지는 꽃처럼

굴비

굴비 서너 두름 트럭에 매달려 간다

시장통을 지나며 사람 구경도 좀 하고

난바다 파랑 치던 생 보여주고 있었다

삶이란 어설픈 것 바다도 육지 못지않다고

해풍에 말린 몸 비닐 끈에 엮이어

비린내 슴슴 풍기며 팔려 가고 있었다

겨울에서 봄으로

바람 속 과녁 되어 쏜살을 맞고 싶다

가슴 깊이 박혀서 뽑아도 뽑히지 않는

수많은 겨울 또 와서 눈보라 칠 때까지

화살 맞아 아픈 가슴 쓰린 것 가슴뿐이랴

혹한에 온몸 얼어도 봄은 끝내 오리니

빈 들에 냉이꽃 피고 새들은 하늘 날겠지

살려면 사는 것이다

바위에 사는 나무 자기 뜻 아니었다

바람에 씨앗 한 톨 버려진 듯 떨어져

빗물과 햇빛을 빌려 힘든 날을 지켰다

살려면 사는 것이다 바위 위 나무 한 그루

온몸이 비틀려도 올곧은 삶이었다

가파른 생의 싱싱함 잎 피고 새가 울었다

헛꿈도 꿈이다

몽골 여행 떠나자 친구가 졸랐다
예쁜 색시 말 태워 지는 해 바라보며
힘겹게 살았던 일 접고 휘파람도 불어보자고

우리 삶이 별거냐 헛꿈도 꾸어보자
어쩌다 꾸는 꿈을 부질없다 누가 하랴
몇 생을 돌고 돌면서 헛꿈 꾼들 어떻겠니

꿈 없는 그 사람을 너와 내가 부러워할까
낯선 땅 드넓어 아무 데나 갈 것 같았지
별들은 무더기 내리고 갈 곳 없던 그날 밤

오래 못 본 얼굴

나는 나의 얼굴을 오래 보지 못했다

집 나온 바람이거나 떠도는 바람 되어

겨울 강 얼음장 깨지듯 쩡하고 운다 해도

꽃 핀다고 그곳을 찾아가지 않았고

열매 맺어 익을 때 탐하지 않았다

눈보라 매운 밤이면 이웃이 궁금했다

슬픔 공부

처음 가본 다비식 사람들 웅성댔다

어찌할지 나는 몰라 하늘이 아득했다

곱게 핀 연꽃 한 송이 화염보다 더 붉었다

불길 속에 누가 있어 꽃잎으로 다시 필까

염불 소리 높고 낮게 명치끝 파고들었다

하얀 재 날리는 허공 그 사람 가는 길인가

겨울 죽령

고난 없는 사랑이 어디엔들 있겠느냐

눈보라 몰아치는 죽령 옛길 매운 날

널 찾아 길을 걸었다 하늘이 시리도록

한 번의 생이란 것이 이토록 황홀하랴

폭설이 몰려와도 사과나무 키를 세워

눈 덮인 고개를 넘어 그대 오길 기다린다

반칙

여동생 남편 죽음은 비탈밭 사고였다
그는 산간벽촌의 등이 휜 농부였다
한평생 가난 짐 지고 힘들게 살다 갔다

그의 장례식장 손녀가 소리쳤다
이것은 반칙이야, 있을 수 없는 반칙
못 먹고 일만 하다 간 할아버지 영정 앞

땀 흘리며 땅 일군 한 사람의 거친 생애
공정한 세상에서 반칙패당한 것이다
당신들 외치는 공정 당신들 리그였다

봄날 이별

산벚꽃 그늘에서 지난 만남 생각합니다

꽃잎은 눈송이처럼 하염없이 날립니다

돌 위에 돌 하나 놓고 빈 마음 다독입니다

진달래 흐드러진 능선에 올라서서

지는 해 바라보며 왔던 길 내려옵니다

참나무 잎 진 고목이 미련인 듯 기다립니다

몽골 초원 깊은 밤

몽골 초원 밤이 깊어 소녀가 찾아왔다

저녁 무렵 내린 비 떨고 있는 게르 안

난롯불 애써 살려낸 그녀가 환하게 웃었다

야무지고 어려 보여 나이를 물었더니

열여섯 점순이 또래 고향 집 누이였다

열린 문 하늘을 보니 별들이 총총하다

보리밥에 수제비

사막의 형제들과 바이칼호 찾아가서

물수제비 뜨면서 어머니 생각 절로 났다

고향 집 툇마루에 쭈그려 허겁지겁 먹던 그 맛

열무김치 보리밥 비벼서 쓱싹 비우고

밀가루 반죽 떼어낸 조가비 같은 수제비

후루룩 씹지도 않고 배불리 먹던 아련함

용대리 황태

황태로 환생했을까 홀연 가신 그 스님

설악의 칼바람은 그리움 가득한데

용대리 덕장에 널려 한겨울 나고 있다

사는 일 팍팍해서 백담사 찾아갔지

탑 아래 돌 하나 놓고 하산하라 이르신다

그 돌이 하도 버거워 끝내 들지 못했네

월정사 달밤

월정사 환한 달밤 고요가 잠을 깨웠다

절 마당 너무 밝아 외로움 잘 보인다

사람들 단풍 물 들어 한 잎 한 잎 지고 있다

부질없이 먼 길을 되물어 찾아왔다

길 잃고 갈 곳 없는 그리움 못 떠나고

한순간 나는 나라고 믿었던 나를 버린다

3부

빈속에 술 한잔

친구야 한잔하자
빈속에 술 한잔

코로나로 소식 끊긴 친구가 느닷없이 마누라 먼저 보내
고 취해서 목이 메었다 친구야 실컷 울고 한잔하고 힘내
자 독한 술 털어 넣고 아내 몫도 살아야지

사랑도 아픈 이별도
빈속에 묻어두자

생각의 경계

성호星湖 이익 선생 집에
감나무 두 그루가 있었다

한 그루는 감 서너 개 열리는 대봉감나무였고 다른 나
무는 주렁주렁 열리는 땡감나무였다 선생은 두 그루 모두
마음에 들지 않아 톱을 들어 베려 했다 그때 부인이 한 말
씀 거들었다 "대봉은 서너 개라도 조상님 제사상에 올리
고 땡감은 곶감이나 감말랭이로 만들면 식구들 먹기에 넉
넉하지요"

들었던 톱을 놓으며
선생은 잠시 부끄러워했다

너무 걱정만 하고 살았다

100세 인생 즐겁게 살아도 된다는데

미국의 한 연구소에서 65세 이상 노인 1천 명에게 물었
다 "인생에서 가장 후회하는 것은 무엇입니까?"

예시된
몇 가지 항목에서
"너무 걱정만 하고 살았다"가 1순위였다

흑산도 홍어

흑산도 홍어는
잘 썩지 않는다

미끼 없는 주낙에 낚여
차갑고 어두운 바다에서
몇 날 몇 밤을 버둥대다
애간장이 녹아 없어진 탓이다

그물에 갇힌 칠레 홍어는
창자가 있어
쉬이 썩는다

어머니의 이름
- 상문에게

어머니는 어머니의
이름을 잊고 살았다

　열여섯에 시집와 칠 남매 키우면서 당신의 이름을 입
밖에 내지 않으셨다 남편도 자식들도 부를 일이 없었다
씨감자에 달라붙은 씨알처럼 올망졸망 자식들은 엄니 엄
니 어무니, 남편은 큰자식 이름 상문아! 였다 그렇게 사신
어머니 구순에 영감 곁으로 가셨다

　비 내린
　장례식장 모니터에
　이름 석 자 '나필요'

낮고 더디게

충분히 건방지게 여기까지 달려왔다

이 말은 반어법이지만 나와 나의 친구들에게 보내는 헌
사다 우리는 충분히 건방 떨며 살았고 뜨거운 사막을 건
넜으며 높고 험한 히말라야를 올랐다 서울이란 정글에서
헤매고 쓰러져 부서졌지만 반듯하게 살아남았다

이제 와
할 일이 뭐 있을까
낮고 더디게 가는 것

닭백숙에 술 한잔

전라도 화순 땅 운주사에 갔더니

볼품없는 돌부처 서 있어도 삐딱하고, 의젓한 가부좌 부처 목 없이 세월 보내고, 양반 아닌 머슴 부처 폼을 잡고 버티고 있거니, 별것 아니구나 싶어 눈 한번 슬쩍 주고, 절 구경 하는 듯 마는 듯 무등산 증심사 앞 백숙집으로 달려가 닭다리 안주 삼아 소주를 켜고 있는데 냅다,

네 이놈
뒤통수 후리는 소리
너만 마시기냐!

월드 뉴스

정원에 물을 주거나
세차하면 벌금에 처한다

　미용실에서 두 번 이상 머리를 감다가 적발되면 스위스
에서는 과태료 1350만 원을 부과한다 이탈리아 피사에서
는 마시는 물과 샤워 외에 수돗물 사용을 금한다 이를 위
반하면 최대 500유로(약 67만 원) 벌금을 내야 한다

낮 온도
40도를 돌파한
2022. 7. 21. 월드 뉴스

손편지

보낸 사람 알 수 없는 편지 한 통 받았다

안동 풍산우체국 사서함이 발신지였다 82세 수감자가
보낸 사연이었다 서울구치소에서 안동교도소로 이감했다
는 것과 책만드는집 시집을 구입하고 싶어도 여의치 아니
하다는 것과 두 번째 편지를 쓰는데 왜 작년에 보낸 첫 편
지의 답이 없냐는 것이었다 나는 몇 자 변명과 함께 위로
가 될지 모르지만 용혜원 시집 몇 권을 챙겨 보냈다 바깥
세상도 덥고 지루하고 코로나로 힘들다고 좋은 날 올 것
이라고

그분의 안녕을 빌며
몇 달이 지나갔다

낯선 문상

친구가 먼저 갔다
나는 그의 가족을 모른다

상가에 들어서도 아는 이는 웃고 있는 영정 사진 나는
어찌할 것인가 처음 본 상복 입은 그의 아내와 자녀와 무
언의 인사 나누고 슬그머니 빠져나왔다

밖에는 폭설 내리고
어둠 짙게 깔려 있다

고아

어려서 부모 잃고
절집에서 자란 그

절집에서 절 아버지 만나 어른이 되었는데 절 아버지
세상 떠나시고 다시 고아가 되었다 아버지 떠나시고 아버
지 모시고 싶었지만 이미 자기가 늙어 모실 아버지가 없
었다 이 궁리 저 궁리 끝에 자기가 아버지가 되기로 했다

한 아이
아버지가 된 날
고아 한 명이 줄었다

소백산 큰 바람

소백산 큰 바람이
내 등을 밀어주었다

비로봉 오르는 길이 세상 사는 일보다 험하고 힘들다고
지친 등을 밀어주었다 정상에 올라 큰소리 한번 치고 우
쭐대며 태백으로 향하는데

큰 바람 배낭 당기며
하산하라 타이른다

안경

세상을 밝게 보려
안경을 바꿨다

새로 산 안경 밖으로 세상이 밝아 보였다 하루 이틀 그
럭저럭 서너 달이 지나고 세상은 더욱 밝아 보였다 그러
던 어느 날 밝게 보이던 것들이 더 자세히 보이기 시작하
면서 내 몸에 이상이 생겼다 자세히 보지 말아야 할 것들
이 자꾸만 잘 보인 것이다

눈에는 진물이 나고
가슴은 덜컥 자다 깨고

나주 배

글 쓰는 데 엄숙한 노작가의 추억담

가난했던 학창 시절 서울 대학 오려면 제주에서 연락선
타고 목포 부두 내려서 서울행 버스 타고 영산포 지나 나
주에서 한참을 쉰다네 그 틈에 차창 밖에서 아낙네들이
"나주 배 사시오" 외치는 소리 나주 배를 "나 배"로 들었던
젊은 시절 그 배가 여인의 배인지 단물 나는 나주 배인지

억새꽃
흩날리는 나이
그 소리 그립단다

반성

나는 어느 글에서 이렇게 읽었다

"세상에서 할 일 많고 많은데
다른 사람 개소리도 참고 들어주며 살아간다"고

나는 왜 그 사람처럼
못 참을까 그 소리를

4부

설명할 수 없는 질문

그리스, 터키 국경에서
이주민들 얼어 죽고

내전 속 예멘 아이들
굶주림으로 죽어간다

하느님 기도합니다
이들의 고통 왜입니까

쓸다

이른 새벽 깨어나 마당을 쓸었다

마당을 쓰는 일은 내 몸을 쓰는 일

간밤에 불던 바람이 빗자루를 자처했다

한세월

두 사람이 마주 앉아 두런두런 웃는다

마음을 나누는지 인생을 논하는지

끊길 듯 이어지면서 한세월 흘러간다

바람처럼

초원에서 길 잃었다
처음부터 길은 없었다
길은 내 것 아니었으니
잃을 것도 없었다
지닌 것
빈 주머니 하나
바람처럼 나는 갔다

바다에 뿌렸다

아프게 살다 간 그 사람 바다로 띄워 보냈다

살아서 흰 노동의 뼈 차마 묻지 못했다

다시는 돌아오지 마라 먼 바다에 뿌렸다

하안거

음력 사월 보름부터 칠월 보름까지 멀다

독방에 홀로 갇혀 뻐꾹새 울음 듣는다

풀벌레 문틈으로 와 제 울음 들어달란다

솔개

외롭고 쓸쓸한 날
솔개처럼 날고 싶다
솔개는 혼자 힘으로
산정山頂을 날아오른다
두 날개 삐뚜름하게
바람 제치고 솟구친다

샹그릴라 깊은 밤

비를 맞고 설산 넘어
찾아간 샹그릴라

무슨 염원 그리 많아
마니차를 돌리고

무엇을
더 얻겠다며
고산증을 앓던 밤

틱낫한

스님이 떠나시며
제자에게 남긴 말씀

나 죽으면 탑도 비석도
흔적 남기지 마라

다비茶毘한 육신 잿가루
명상길에 뿌려라

복사꽃 환한 마을

산그늘 곱게 내린
강물 위로 새 한 마리

어린 내 꿈을 실어
멀리멀리 날아간다

해 지고 돌아온 마을
복사꽃이 환하다

고래

장생포 이영필 시인
고래 보러 오라는데

고래가 보고 싶지만
코로나로 위리안치

집마다
고래가 숨어
날 보러 오라는데

뻘쭘

나이 든 아들과
늙으신 어머니가

눈 올 듯 흐린 하늘
늦은 점심 먹다가

눈이다
어머니 탄성
장가 못 간 아들은 뻘쭘

모기를 잡았는데

겨울밤에 찾아온
불청객 모기 한 마리

피를 빨고 달아나
신문지로 때려잡았다

돈뭉치
숨겨두었던
선량選良 얼굴에 피가 튀었다

인생 역설

흔히 인생 논할 때 잠자는 시간은 뺀다 철없이 산 시절
도 늙고 병든 시절도
그렇게 이것저것 제하면 남는 게 뭐 있을까

장맛비

장맛비 오는 듯 마는 듯
3장 6구로 내린다

세 줄로 흩뿌리다
여섯 줄 일곱 줄

어쩌다
줄글로 뻗다가
벼락 치듯 우르릉 쾅!

날다

하늘을 날고 싶거든
바람에게 등을 줘라

바람이 등을 밀어
광야를 달릴 것이다

광야가 답답하거든
무한천공無限天空 솟구쳐라

머리보단 생체험 발바닥에서 나와
공감대가 넓고 깊은 시

이경철 문학평론가

"후득후득 빗방울 청댓잎을 때린다// 옛 시인의 시 한 줄 정수리에 꽂힌다// 그 사람 빈한했지만 바람에 시를 적었다// 비 그치면 들에 나가 나락논 김을 매고// 어둑녘 돌아와 등 밝혀 서책 읽었다// 시 한 수 짓는 노고로 세상과 맞서 살았다"(「옛 시인의 시」 전문)

변할 수 없는 마음과 이치를 환히 드러내는 예스러운 시 쓰기

김영재 시인의 이번 신작 시집 『상처에게 말 걸기』에 실린 시편들은 상당히 예스럽다. 의고擬古적인데도 지금 여기 우리네 일상적 삶에서 나와 자연스럽고 생동감 있다. 우리네 삶에 자연스레 찾아드는 정情과 한恨, 그리고 속 깊은 깨달음이 예나 지금이나 다를 수 있겠는가. 그래 쉽게 잘 읽히며 가슴에 척척 안겨 든다.

이번 시집 속 좋은 시편들은 진솔하고 담박하다. 질질 끌며 이리저리 꾸미려 하지 않는다. 자신만의 철학이나 의미를 부러 찾으려 하지 않아 압박감이나 무게를 주지 않는다. 그저 자연스레 진술하고 묘사만 할 뿐 의미나 감상은 독자의 몫으로 남긴다.

그래 세계 시사詩史에 절정을 이뤘던 당송唐宋 시대 절창 한 편 읽는 담박하고 개운한 맛을 준다. 이번 시집의 이 모든 특장들이 우리 민족의 정련된 정통 정형시인 시조이기에 가능했을 것이다.

1974년 《현대시학》으로 등단한 김 시인은 지금까지 『유목의 식사』『목련꽃 벙그는 밤』『녹피 경전』『히말라야 짐꾼』『화답』『홍어』『오지에서 온 손님』『겨울 별사』『화엄동백』 등의 시집을 펴냈다. 만물과 살 비비며 사는 삶에서 우러난 정한을 간결하면서도 자연스레 읊은 진짜 우리 민족시라는 평을 들으며 유심작품상, 순천문학상, 고산문학대상, 중앙시조대상, 한국작가상, 이호우시조문학상, 가람시조문학상 등을 수상했다. 그런 김 시인 반백 년의 시력詩歷을 제대로 보여주고 있는 시집이 『상처에게 말 걸기』다.

　맨 위에 인용해 놓은 시 「옛 시인의 시」에 이번 시집의 그런
특장이 잘 드러나 있다. 그래 시인도 이 시를 '서시序詩'로 시집
맨 앞에 올려놓았을 것이다. 두 수로 된 연시조에서 시인은 청
댓잎 때리는 빗소리를 듣는 현재에서 까마득한 옛 시절의 시인
과 일치돼 가고 있다.

　빈한한 시인이지만 청댓잎 때리는 빗소리 같은 운율과 선명
한 이미지로 인간들과 세상의 정수리를 맑으면서도 둔중하게
울리고 있다. 제 살림 열심히 경작해서 스스로 해결하며 밤에
는 책 읽고 시를 썼다. 그렇게 좋은 시를 쓰며 세상의 권력과 명
예와 돈에 맞서 산 시인. 그런 옛 시인으로 살아간다고 의고적
으로 쓰고 있는 시다. 시인의 변함없는 마음과 정형시인 시조
의 규율을 또박또박 잘 지켜가면서.

　　그 사람 구두 뒷굽이
　　바깥으로 다 닳았다

　　평생을 변방으로
　　떠돌던 까닭이다

　　중심에

들지 않는 삶

둥근 세상 그리웠다

－「둥근 세상」전문

참 쉽게 읽히는 시다. 체험에서 절실하게 우러나와 진솔하게
읽힌다. 그러면서도 세상을 사람답게 사는 이치 그대로 담겨
있어 정수리를 때리고 가슴을 둔중하게 울리는 시조 단수다.

세상의 중심에 들어가려 자신을 송곳처럼 뾰족하게 갈아가
는 사람들이 얼마나 많은가. 그래 세상은 또 얼마나 삭막해지
고 있는지를 근래의 정치 상황 등에서 우리는 뼈저리게 느끼고
있지 않은가. 이런 세태에 보다 원만하게 살아가자는 울림을
온몸의 체험으로 주고 있는 시다. 그런 울림을 주는 "그 사람"
은 시인이다. 지금도 읽어보면 감동적 울림을 주는 개결한 옛
시인이며 이번 시집의 김 시인 아니겠는가.

구름의 서쪽 포구 운서에서 우두커니

당신이 떠나가듯 지는 해 바라본다

하늘 끝 붉게 물들고 꺼이꺼이 새가 운다

－「운서雲西에서 울다」전문

제목으로 잡은 '운서'라는 말이 참 좋다. 구름의 서쪽이라니, 변할 수 없는 아름다움을 자아내는 참으로 의고적인 말이다. 그런 포구 이름의 이미지를 참 아리고도 아름답게 잡아내고 있는 시다.

서쪽 포구, 그것도 해는 지고 노을은 붉게 물들어 오는 일모日暮의 시간대를 온몸의 공감각적 이미지로 잘 잡아내고 있다. 서러워도 결코 놓치거나 버릴 수 없는 우주 본연의 그리움을 참 개결하게 잡아내고 있는 시다. 이런 좋은 시에 고금古今이 어디 따로 있겠는가.

산그늘 곱게 내린
강물 위로 새 한 마리

어린 내 꿈을 실어
멀리멀리 날아간다

해 지고 돌아온 마을
복사꽃이 환하다
─「복사꽃 환한 마을」 전문

초장에서부터 동서고금 통틀어 최고의 시인으로 꼽히는 당나라 시대 시성詩聖인 두보의 절구絶句를 떠오르게 하는 시다. "가람이 파라니 새 더욱 희오"로 시작되는, 학창 시절에 배워 다들 익혀 알고 있는 오언절구 말이다. 선명한 이미지로 세상 물정과 마음속 풍경을 합치시켜 전하는 시의 자세와 표현이 그대로 통하는 시 아닌가.

푸른 강물과 그 위를 나는 새의 선명한 이미지를 보면서 시인은 어린 시절 옛 청운의 꿈과 지금의 환한 마음을 있는 그대로 둘러보고 있다. 자연의 이치도 그렇고 우리의 한 생애도 이리 환하고 선명하게 지나가는 것을 회한도, 후회도 없이 드러내고 있는 시다.

부처님을 이룬 옛 고승은 "산은 산이요 물은 물이다"라고 했는데 오늘날에도 많이 통용되는 말이다. 그런데도 우린 산은 산이 아니고 물은 물이 아니라고 부정하려 들며 얼마나 잘난 척 내세우며 떠돌았던가. 그런 부정의 긴 방황 끝에 돌아와 다시 보니 명확히 산은 산이고 물은 물이라는 긍정의 마음, 거칠 것 없이 원만한 마음이 환히 잡히는 시다.

이처럼 이번 시집에는, 문리文理까지 깨친 듯한 인공지능이 나와 시도 써서 발표하는 최첨단 시대에, 의고적인 시편들이 유독 많이 눈에 띈다. 반만년 살아온 우리네 마음을 가장 잘 드러낼 수 있는 우리 민족의 정통 정형시인 시조의 특장을 최대

한 살리며 변할 수 없는 우주의 도리와 인간의 마음을 선명하면서도 점잖게 잘 드러내기 위해서일 것이다.

체험에서 자연스레 우러나 더욱 생생하고 구체적인 시편

문수사 가파른 길

졸고 있는 고양이

키 낮추는 보현봉

얼음 녹아 물소리

대남문 넘어온 바람

생강꽃 매운 향기
―「어린 봄」 전문

삼라만상에 눈, 귀, 코, 피부 등 온몸의 감각을 열어놓고 북한산에 있는 사찰 문수사로 가는 산행山行에서 얻은 시, 참 좋다.

각 행을 명사로 종결해 뚝, 뚝 부러지는 간명한 느낌에, 또 행을 연으로 넓게 벌려놓은 행간에 이른 봄을 맞는 삼라만상의 부드러움이 긴장되게 뛰놀고 있다.

이 시를 보며 우리에게 가장 친숙하게 다가오는 박목월의 시 「윤사월」이 자연스레 떠올랐다. "송홧가루 날리는/ 외딴 봉우리// 윤사월 해 길다/ 꾀꼬리 울면// 산지기 외딴집/ 눈먼 처녀 사// 문설주에 귀 대이고/ 엿듣고 있다"는. 짤막짤막 끊어지는 행과 연이 그렇고 우리에게 친숙한 운율에서 그렇다. 시조의 운율을 현대에 맞게 변형한 「윤사월」보다 정격을 그대로 지켜가며 명사로 종결한 「어린 봄」이 되레 더 참신하면서도 개결하게 읽힌다.

그러면서도 "문수사"라는 절 이름과 "가파른 길", "키 낮추는 보현봉" 등의 구절에서 불교적 색채가 느껴지기도 한다. 이른 봄을 맞아 북한산 높은 봉우리인 보현봉 부처님은 물론 가파른 길이며 고양이며 물이며 바람, 생강꽃들이 무등하게 어울려 제각각 뽐내는 세상을 열고 있다. 설법說法식으로 전하지 않고 현전現前의 양태를 그대로 보여주며 이른 봄날 화엄 세상을 열고 있다.

어젯밤 꿈속에서 설산에 비가 내렸다

타르초가 비에 젖어 바람에 펄럭였다

작은 절 어린 부처들 편한 잠 자고 있을까
　　－「매리설산 2」전문

시인과 함께 나도 매리설산에 갔다 온 적이 있다. 한여름에
도 꼭대기엔 만년설을 이고 있고 빙하가 녹아 얼음덩이째 구르
고 폭포로 떨어지는 티베트와 중국 운남성을 가르는 높은 설
산. 티베트 불경을 색색의 헝겊에 새겨 바람에 나부끼는 타르
초와 불탑과 사찰이 많은 산이다.

가파른 벼랑이나 위험한 곳에선 어디서나 나부끼던 타르초
를 시인은 서울로 돌아와서도 꿈속에서 보았나 보다. 비에 젖
어가면서도 펄럭이던 타르초를. 초장, 중장까지는 그런 사실을
보여주고 있다. 그러다 전환과 결말부인 종장에 와서는 시인의
염려를 그대로 드러내고 있다. 매리설산 오르며 보았던 작은
절 어린 부처님들의 안부를. 이 종장 때문에 가슴을 쿵 하고 울
리는 시가 되고 있다. 아무런 꾸밈 없는 이런 인간의 연민이 부
처님 세상을 있는 그대로 드러나게 하고 있지 않은가.

비를 맞고 설산 넘어
찾아간 샹그릴라

무슨 염원 그리 많아
마니차를 돌리고

무엇을
더 얻겠다며
고산증을 앓던 밤
　－「샹그릴라 깊은 밤」 전문

　매리설산 아래 샹그릴라라는 도시가 있다. 히말라야 계곡 깊
숙한 어느 곳에 있다는 이상향 샹그릴라의 이름을 중국에서 그
대로 도시명으로 딴 곳이다. 그곳에 가보니 그러나 이상향은
아닌 듯했다. 관광객과 한번 돌리면 극락에 더 가까이 간다는
마니차와 사찰은 많은데 날은 덥고 소똥 말똥 염소똥 냄새 나
는 급조된 관광 이상향같이 느껴졌다.

　시인도 이상향을 찾겠다고 갖은 고생 하며 그곳에 갔나 보
다. 그리고 나처럼 안락함은 못 느끼고 고산증을 앓았나 보다.
그러면서도 이런 좋은 시 한 편을 얻었나 보다. 아니, 크게 깨달
았나 보다. 무슨 염원 그리 많아 오체투지五體投地로 샹그릴라
를 찾고 마니차를 돌리고 하느냐고. 주어진 환경에서 생긴 대
로 불평불만 없이 염원 없이 그냥 사는 게 샹그릴라고 부처님

세상 아니겠느냐고 자연스레 깨닫고 있는 시다.

　아프게 살다 간 그 사람 바다로 띄워 보냈다

　살아서 휜 노동의 뼈 차마 묻지 못했다

　다시는 돌아오지 마라 먼 바다에 뿌렸다
　－「바다에 뿌렸다」 전문

　있는 그대로의 사실을 그대로 쓴 시다. "아프게 살다 간 그 사
람"의 긴 이야기는 없다. 주저리주저리 서사가 없어 참 개결한
시다. 우리네 본디 마음이 아무런 가감 없이 그대로 들어오는
시다.
　이 시 종장을 보며 신라의 원효가 지었다는 「회소곡會蘇曲」이
떠올랐다. "태어나지 말아라/ 죽기가 괴로우니/ 죽지 말아라/
이 세상 다시 태어나기 괴로우니"라고 죽은 자를 위해 지었다
는 노래. 부처나 보살급인 '대사大師' 칭호를 받았던 원효의 깨
달음을 경구警句식으로 설파한 「회소곡」보다 더 생생하면서도
단박에 깨치게 하는 시가 「바다에 뿌렸다」다.
　3장 6구 45자 안팎의 단시조는 이렇게 압축 정련하면서도
짧게 이치를 전하는 경구보다, 또 주저리주저리 알리는 서사보

다 더 생생하게 사실을 깨치게 하는 장르다.

　여동생 남편 죽음은 비탈밭 사고였다
　그는 산간벽촌의 등이 휜 농부였다
　한평생 가난 짐 지고 힘들게 살다 갔다

　그의 장례식장 손녀가 소리쳤다
　이것은 반칙이야, 있을 수 없는 반칙
　못 먹고 일만 하다 간 할아버지 영정 앞

　땀 흘리며 땅 일군 한 사람의 거친 생애
　공정한 세상에서 반칙패당한 것이다
　당신들 외치는 공정 당신들 리그였다
　－「반칙」전문

　세 수로 된 연시조다. 단시조 정형의 룰은 준수하면서 동류
의 항목들로 쭉 이어져 가며 시상을 심화, 확산시키는 것이 연
시조, 단시조 초장이나 중장을 길게 주저리주저리 사설식으로
늘어뜨려 말맛을 느끼게 하는 것이 사설시조 대개의 흐름이다.
　「반칙」에서 "산간벽촌의 등이 휜 농부"는 「바다에 뿌렸다」에
서의 "살아서 휜 노동의 뼈"의 그 사람으로 볼 수도 있겠다. 해

서 "아프게 살다 간 그 사람"의 내력, 서사를 좀 더 들려주며 오늘의 현실을 비판하려 「반칙」은 연시조로 나간 것 같다.

열심히 자신의 직분 다한 사람은 패하고 자신의 일보다 딴짓거리 한 사람이 이기는 공정하지 못한 사회 현실을 비판하기 위해 연시조로 나간 것이다. 그런 시의 의도보다 둔중한 감동의 울림이라는 시의 본분에 충실할 때 정련된 단시조 시의 미학은 더욱 빛남을 두 시조를 비교해 읽어보면 쉽게 알 수 있을 것이다.

음력 사월 보름부터 칠월 보름까지 멀다

독방에 홀로 갇혀 뻐꾹새 울음 듣는다

풀벌레 문틈으로 와 제 울음 들어달란다
  - 「하안거」 전문

승려들이 여름 석 달, 겨울도 그만큼 선방에 들어가 나오지 않고 수도修道하는 것을 안거安居라 한다. 여름에 행하는 '하안거'를 제목으로 잡고 소재로 하여 썼는데도 불법佛法이 무엇이고 깨달음이 무엇인지 전혀 설명은 없다. 홀로 수행하는 행위만 있을 뿐이다. 그런데도 뭔가 훤하게 잡힐 듯도 하다. 뻐꾹새

며 풀벌레 울음소리를 그대로 듣는 행위가 곧 깨달음이란 것을. 그래 그렇게 깨달아 부처를 이룬 보살이 관음보살觀音菩薩 아닌가. 문자 그대로 중생의 모든 소리를 다 들어주고 다독여 주는 부처님이 위 시 「하안거」에서는 생생히 잡혀오지 않는가. 그래서 고단위 관념을 가르치려 하거나 설명하려 드는 종교나 철학보다 시가 더 윗길인 것이다. 살면서 스스로 깨달은 체험으로 그런 어려운 것들을 구체적이고도 생생하게 보여주고 들려줄 수 있는 게 시이니까.

이렇듯 이번 시집에는 불교적 소재를 취하거나 저절로 불교적 깨우침에 다가가고 있는 시편들도 종종 눈에 띈다. 부러 불교시를 쓰려 한 것이 아니라 삶의 체험에서 저절로 나온 시편들이어서 울림이 더 크고 생생하다.

명상이나 구도가 아니라 산행에서 나온 무위자연의 시편

월정사 환한 달밤 고요가 잠을 깨웠다

절 마당 너무 밝아 외로움 잘 보인다

사람들 단풍 물 들어 한 잎 한 잎 지고 있다

부질없이 먼 길을 되물어 찾아왔다

길 잃고 갈 곳 없는 그리움 못 떠나고

한순간 나는 나라고 믿었던 나를 버린다
　　－「월정사 달밤」 전문

　행마다 행간을 벌려 연으로 처리하고 앞 수 뒤 수는 나누지
않아 자유시로 보이지만 두 수로 된 연시조다. 앞 수에서는 월
정사 환한 달밤에 더욱 환해지는 깊은 밤 고요 속의 외로움을
말하고 있다. 뒤 수에서는 그 외로움의 뿌리로 "갈 곳 없는 그
리움"과 "나라고 믿었던 나"에 대한 아집我執을 말하고 있다. 그
런 것에 사로잡혀 "부질없이 먼 길을 되물어 찾아왔다"며 평생
을 질질 끌려다닌 아집을 버리고 있다. 하여 앞 수 종장 "사람들
단풍 물 들어 한 잎 한 잎 지고 있다"라는 절창을 얻는다. 아집
에 갇힌 '나'와 '그리움'을 버리니 우주 삼라만상이 다 나이고
그리움이다. 그래 사람도 나뭇잎도 하나로 곱게 물들어서 지고
있는 우주적 가을 풍정風情이 환한 달밤에 그대로 눈에 들어왔
을 것이다.
　시인에게 보이는 우주의 운항 법칙, 혹은 도道의 풍정이랄 수

있는 현전의 모습이나 깨달음은 절에 앉은 명상이나 수도에서
온 것이 아니다. 틈만 나면 높은 산 낮은 산 배낭 하나 달랑 메
고 오르는 산행에서 나오고 있음을 적잖은 시편들은 보여주고
있다.

　　공룡능선 넘어와
　　백담에서 발 씻었다

　　천만근 지고 다닌
　　발에게 미안했다

　　발바닥
　　만져보았다
　　옹이가 박혀 있었다
　　－「탁족」 전문

　제목으로 잡은 '탁족濯足'이란 발을 씻는 행위다. 불교나 유
교, 그리고 도교 등 동양은 물론 기독교에서도 큰 의미를 두고
있다. 사랑이며 자비, 깨우침 등은 물론 자정自淨의 의미까지 두
고 있으니.
　위 시에서는 그런 의미를 떠나 탁족을 하는 행위와 거기서

우러난 마음을 솔직하게 전하고 있다. 설악산 공룡능선을 넘어와 백담의 맑은 물에서 발을 씻었다고. 시인의 무게를 지금까지 지고 다녀 옹이가 박힌 발바닥에게 미안했다고. 옹이 박힌 발바닥이 그런 시인의 꾸밈없는 마음으로 하여 부처님으로 보이게 하는 시다. 천만근 몸뚱어리며 마음앓이의 무게를 아무 불평불만 없이 다 지고 다니는 발바닥 부처님. 그런 부처님의 옹이 박힌 발바닥이 이번 시집 속의 시편들을 쓰고 있다.

바위에 사는 나무 자기 뜻 아니었다

바람에 씨앗 한 톨 버려진 듯 떨어져

빗물과 햇빛을 빌려 힘든 날을 지켰다

살려면 사는 것이다 바위 위 나무 한 그루

온몸이 비틀려도 올곧은 삶이었다

가파른 생의 싱싱함 잎 피고 새가 울었다
　－「살려면 사는 것이다」 전문

산행 중 위태로운 돌 비탈 위에 선 나무를 보고 쓴 시다. 그런 위태로운 곳에 터전을 마련한 나무들을 많이들 봤을 것이다. 수없이 쳐다보고 또 나무, 혹은 자신에게 물어가며 어느 한 순간 자연스레 나온 시여서 생생하고 힘이 넘쳐난다. 그러면서 생겨난 모든 것들의 삶의 도리도 자연스레 보여주고 있다. 소위 '무위자연無爲自然'이란 종교적, 사상적 깊이를 지닌 개념을 아주 자연스레 보여주고 있다. "가파른 생의 성성함 잎 피고 새가 울었다"라는 절창이 삶의 옹이 진 발바닥에서 터쳐 나와 생생한 삶의 이치를 막힘없이 드러내고 있다.

그렇다. 시는 이래서 종교나 철학이나 어느 인문과학보다 윗길이고 존경받고 감동해야 마땅하다는 것이다. 아! 그런데도 요즘은 옹이 진 삶이 아니라 철학이나 이론이 시를 쓰는 것 같아 안타깝다. 그래 감동은 없고 머리 빠개질 정도로 아픈 시들은 분명 문제인 것이다.

바람 속 과녁 되어 쏜살을 맞고 싶다

가슴 깊이 박혀서 뽑아도 뽑히지 않는

수많은 겨울 또 와서 눈보라 칠 때까지

화살 맞아 아픈 가슴 쓰린 것 가슴뿐이랴

혹한에 온몸 얼어도 봄은 끝내 오리니

빈 들에 냉이꽃 피고 새들은 하늘 날겠지
　ー「겨울에서 봄으로」전문

관행적 표현과 관념이 좀 앞서는 것 같아 썩 내키지는 않지만 생체험의 간절한 욕구와 의지는 높이 사주고 싶은 작품이다. 요즘 젊은 시편들은 너무 생체험이 없고 그것을 추구하거나 사주지도 않기 때문에. "가슴 깊이 박혀서 뽑아도 뽑히지 않는" 생체험, 원초적 체험이 사람이 사람답게 살아가는 원초적 힘이요, 우리네 보편적인 정情과 한恨은 거기서 우러나는 것 아니겠는가. 그런 원초적 체험과 정한이 또 우주의 운항과 우리네 삶을 맞추게 하는 것 아니겠는가. 위 시에서도 아무리 혹한일지라도 휘몰아치는 눈보라의 과녁이 되어 맨몸, 맨마음으로 그것을 체험하려는 생체험의 의지가 빛나고 있다. 그런 원체험이 있기에 혹한의 겨울은 꽃이 피고 새가 지저귀는 봄을 부른다고 하고 있지 않은가. 이런 생체험 의지의 시 또한 산행에서 얻은 발바닥의 옹이에서 나왔을 것이다.

고난 없는 사랑이 어디엔들 있겠느냐

눈보라 몰아치는 죽령 옛길 매운 날

널 찾아 길을 걸었다 하늘이 시리도록

한 번의 생이란 것이 이토록 황홀하랴

폭설이 몰려와도 사과나무 키를 세워

눈 덮인 고개를 넘어 그대 오길 기다린다
　　－「겨울 죽령」 전문

　위에서 살펴본 시 「겨울에서 봄으로」처럼 눈보라 몰아치는
혹한 속에 죽령 옛길을 넘으며 쓴 시다. 앞 시에서는 생체험의
의지가 빛났는데 이 시에서는 되풀이되지 않는 단 한 번의 삶
의 황홀에 감격하고 있다. 꼭 찾고 온몸으로 만나야 할 그 무엇,
그리움에 황홀해하고 있다. 만나야 할 대상, 그리움의 대상은
우리네 일반의 연인, 임이어도 좋다. 삶의 목표나 이상 같은 고
차원적인 것이라도 좋다. 그 무엇이든 단 한 번의 생에서 시인
은 그것을 온몸의 체험, 발바닥의 옹이로 생생하게, 구체적으

로 만나려 오늘도 걷고 오르는 산행을 계속하고 있다.

　이렇게 이번 시집에 실린 시편들은 시인의 산행, 고되나 황홀하게 받아들이는 구체적인 삶에서 나왔다. 그런 시편에는 시인의 생생한 원체험이 바탕에 깔려 있어 진실하고 솔직하다. 무엇보다 자연스럽고 쉽게 읽히며 공감의 폭을 넓히고 있다.

평상심 그대로가 보여주는 삶 자체와 그리움의 지고지순至高至純

　이별을 앞에 두고 연인들 고백하듯

　나는 나의 상처에게 이별을 고하리

　어쩌다 참으로 오래 우리 함께 지냈다고

　바람 부는 산에서 파도치는 바다에서

　아파도 말 못 하고 바람 불고 파도치듯

　먼 나라 소식을 듣듯 그냥 흘려보냈지

마음이 쓰라려도 속으로 다독이며

그것이 사랑이란 걸 서로가 몰랐었지

저 혼자 인내하면서 피었다 지는 꽃처럼
　　－「상처에게 말 걸기」전문

　이번 시집의 표제작이다. 제목만 그럴듯하다고 아무 시나 표제로 오를 수는 없다. 시집 전체를 끌고 갈 힘과 깊이가 있을 때 시인은 비로소 표제작으로 결정하는 게 상례다.

　세 수로 된 이 연시조 첫 수를 읽었을 땐 고백 대상이 '연인'이 아니라 '상처'인 줄 알았다. 그러다 둘째와 마지막 수를 읽어 내리며 그 대상이 '연인'인 줄 알았다. 처음부터 다시 읽고 또 읽고 하면서 연인이나 사랑이 곧 상처임을 알았고 우리네 그리운 삶 자체가 사랑이고 상처임을 알았다. 시인은 그것을 바람 부는 산이나 파도치는 바다를 걷고 바라보며 몸으로 깨달았다. 단 한 번뿐인 삶이기에 온몸으로 살고 걸으며 삶 자체가 아프고도 황홀한 그리움, 사랑임을 절감했다. 그래 말로는 누구에게도 전할 수 없는 생생한 삶, 그리고 삶의 핵인 그리움의 실감을 온전히 보여주려 한 시가 이 표제작이다. 그게 모든 시의 원초적 본질 아니겠는가.

얼었던 강이 풀려

소리치며 흐른다

망울 속

꽃잎은

터질 듯 부풀었다

어쩌냐

내 안의 바람

막무가내 치솟는다

   –「어쩌다 봄」 전문

  오는 봄과 그것을 느끼는 마음을 있는 그대로 보여주고 진술하고 있는 시다. 이 시의 시안詩眼, 시의 눈깔은 "어쩌냐"다. "어쩌냐"로 하여 앞에서의 묘사는 뒤의 진술로 넘어가고 있다. 시조의 기승전결 구성상 전환구에 놓여 확실히 시상의 흐름을 바꿔놓고 있는 것이다. 무엇보다 "어쩌냐"라는 인간적인 물음, 혹은 감탄이 초장, 중장의 객관적이어서 냉정한 봄의 묘사를 인간적으로 확 바꿔놓고 있다. 확신이나 계획 없이 그냥 주체할 수 없어 터쳐 나오는 "어쩌냐"가 자연의 이치요, 생생한 우리네 삶 아니겠는가.

봄이 오면 터져 나는 봄기운, 봄바람을 어찌할 것인가. 받아들이며 사는 게 우리네 생생한 삶이요, 우주 운항의 도 아니겠는가. 그래 그렇게 봄바람, 그리움을 아주 자연스레 받아들이는 시편들도 많이 눈에 들어온다.

산벚꽃 그늘에서 지난 만남 생각합니다

꽃잎은 눈송이처럼 하염없이 날립니다

돌 위에 돌 하나 놓고 빈 마음 다독입니다

진달래 흐드러진 능선에 올라서서

지는 해 바라보며 왔던 길 내려옵니다

참나무 잎 진 고목이 미련인 듯 기다립니다
　－「봄날 이별」 전문

「어쩌다 봄」에서는 봄기운, 그리움과 사랑에 주체 못 하고 어쩌냐고 물었는데 위 시에서는 제목처럼 산벚꽃 잎 하염없이 떨어져 흩어지는 봄날에 이별한 그리움을 아쉬워하고 있다. 그렇게 이제 헤어진 사랑을 아쉬워하면서도 그 그리움만은 놓치지 않고 있다.

두 수로 이뤄진 「봄날 이별」 앞 수에서는 헤어져 쓰라린 마음을 다독이고 있다. 쓰라리고 빈 마음을 돌탑을 쌓으며 다독이고 있다. 산길을 걷다 보면 그렇게 쌓인 돌탑 무더기들이 널려 있지 않던가. 뒤 수에서는 그런 빈 마음으로 진달래 흐드러진 봄 산에 올랐다 지는 해 바라보며 내려온다. 그럼에도 그 그리움만은 끝내 놓치지 않아 기다림을 낳고 있다. 이런 것이 우리네 속 터지는 보편적 그리움과 기다림의 심사 아니겠는가. 그런 보편적 심상을 시인은 과장하지도 치장하지도, 모자라게도 넘치게도 하지 않고 있는 그대로 드러내고 있다. 그래 '평상심시도平常心是道'라, 그런 평상심이 우리네 삶과 그리움을 지고지순한 도의 지경까지 끌어올리고 있다.

친구야 한잔하자
빈속에 술 한잔

코로나로 소식 끊긴 친구가 느닷없이 마누라 먼저 보내고 취해서 목이 메었다 친구야 실컷 울고 한잔하고 힘내자 독한 술

털어 넣고 아내 몫도 살아야지

　사랑도 아픈 이별도
　빈속에 묻어두자
　－「빈속에 술 한잔」 전문

　시인의 평상 한 대목을 그대로 따와 시가 되고 있다. 사설시
조로 더 하고픈 말과 이야기를 했지만 짧게 할 말만 하는 시인
의 기질 그대로의 시다. 그런데도 인간 사는 속 깊은 정이 빼고
더할 것도 없이 그대로 전해지는 시다.

　빈속에 독한 술 털어 넣으면 아픈 속이 싸아하니 더 아파온
다. 그러다 이내 풀어지는 것을 해장술 마셔본 사람들은 알 것
이다. 그렇듯 사별한 사랑의 아픔 이겨내자는 것이다. 그런 아
픈 사랑의 힘, 상처의 힘으로 살아갈 힘을 얻자는 평범하면서
도 삶의 보편적 이치를 담고 있는 시다.

　노을을 바라보며 집으로 돌아간다

　경인고속도로 갓길 따라 목동교를 지나서

　안양천 맨발 황톳길 간지럼 타며 걷는다

벚꽃이 휘날리던 둑방길 봄은 가고

소나기처럼 쏟아지는 매미 울음 저물녘

가로등 하나둘 켜지고 여름밤이 익는다
　　－「집으로 가는 길」전문

　꾸밈이 없어 담박한 시다. 하루 일과 잘 끝내고 집으로 잘 돌아가는 길을 그대로 그리고 있는 시다. 이 글 맨 위에 인용해 놓은 「옛 시인의 시」와 같은 내용과 의고적 분위기를 자아내면서 편안하게 귀소歸巢 본능을 환기하는 시다.
　귀가하는 마음은 가볍고 산뜻하게, 여름밤이 익어가는 풍정은 참신하면서도 역동적으로 드러내고 있으면서도 뭔가 더 깊은 울림을 주고 있다. "노을을 바라보며", "둑방길 봄은 가고", "매미 울음 저물녘" 등 저녁 귀갓길 빼어난 이미지들은 마지막 귀가, 귀소를 환기하고 있다. 본래 온 곳으로 귀소하는 이미지까지로 나아가는데도 편안하다. 본능에 따르고 우주 운항의 도리에 따르기에 이리 편안하고 역동적인 것인가. 본래 온 곳, 우리가 돌아갈 곳은 "가로등 하나둘 켜지고 여름밤이 익는" 지금 이 세상의 연장선상에 있는 것인가. 그래 그런 세상으로 가는 귓갓길을 시인은 "맨발 황톳길 간지럼 타며 걷는다"고 가볍고 즐겁게 걷고 있는 것인가. 귓갓길 있는 그대로의 꾸밈없는 묘사가 이렇듯 인생이며 우주 운항의 도의 지경까지 나아가게 하고 있는 시가 「집으로 가는 길」이다.

　이렇듯 김영재 시인은 이번 시집 『상처에게 말 걸기』에서 솔직 담박하게 시를 쓰고 있다. 시편들이 이리저리 기획하고 계산하고 꾸미려는 머리에서 나온 것이 아니라 생체험의 발바닥 옹이에서 나오고 있다. 그래 우리네 그렇고 그런 삶의 실상을 있는 그대로 보여주면서도 도의 경지까지 끌어올리고 있다. 누구나 체험해 봐서 익숙하고 쉽게 읽히며 공감대의 폭과 깊이를 더해주고 있다. 이게 시의 본질이며 지금 우리 시대에도 여전한 시의 효험 아니겠는가.

상처에게 말 걸기

—

초판 1쇄 2023년 9월 1일
지은이 김영재
펴낸이 김영재
펴낸곳 책만드는집

—

주소 서울 마포구 양화로3길 99, 4층 (04022)
전화 3142-1585·6
팩스 336-8908
전자우편 chaekjip@naver.com
출판등록 1994년 1월 13일 제10-927호
ⓒ 김영재, 2023

—

—

ISBN 978-89-7944-843-6 (04810)
ISBN 978-89-7944-354-7 (세트)